Juan Valera

El duende-beso

Barcelona **2024**
Linkgua-ediciones.com

Créditos

Título original: El duende-beso.

© 2024, Red ediciones S.L.

e-mail: info@linkgua.com

Diseño de cubierta: Michel Mallard.

ISBN rústica: 978-84-9816-322-3.
ISBN ebook: 978-84-9897-945-9.

Sumario

Brevísima presentación

La vida

Juan Valera (18 de octubre de 1824, Cabra). España.

Era hijo de José Valera y Viaña, oficial de la Marina, y de Dolores Alcalá-Galiano y Pareja, marquesa de la Paniega. Tuvo dos hermanas, Sofía y Ramona y un hermanastro: José Freuller y Alcalá-Galiano.

Su padre vivió de joven en Calcuta y adoptó posiciones liberales. Por ello fue removido de su puesto. Tras la muerte de Fernando VII en 1834, el nuevo gobierno liberal fue rehabilitado y se le nombró comandante de armas de Cabra y después gobernador de Córdoba.

La madre se opuso a que Juan Valera siguiera la carrera militar. Este estudió Lengua y Filosofía en el seminario de Málaga entre 1837 y 1840 y en el colegio Sacromonte de Granada, en 1841. Luego estudió Filosofía y Derecho en la Universidad de Granada, donde se graduó en 1846.

En 1844 publicó primer libro de poemas. Leyó mucha poesía, y en particular a José de Espronceda, y a los clásicos latinos: Catulo, Propercio y Horacio. Hacia 1847 empezó a ejercer la carrera diplomática en Nápoles junto al embajador Ángel de Saavedra, duque de Rivas. Vuelto a Madrid, frecuentó las tertulias y los círculos diplomáticos a fin de conseguir un puesto como funcionario del Estado.

Así viajó por Europa y América. En Lisboa empezó su amor por la cultura portuguesa y el iberismo político. De regreso a España, empezó a escribir y publicar ensayos en 1853 en la *Revista Española de Ambos Mundos*; en 1854 fracasó en un intento de ser diputado, y por entonces estuvo en los consulados de España en Frankfurt y Dresde con el cargo de secretario de embajada.

Hacia 1857 se fue seis meses con el duque de Osuna a San Petersburgo; polemizó con Emilio Castelar en *La Discusión*, y escribió su ensayo *De la doctrina del progreso con relación a la doctrina cristiana*. Asimismo, tras ser elegido diputado por Archidona en 1858, escribió en numerosas revistas como redactor, colaborador o director.

El 5 de diciembre de 1867 se casó en París con Dolores Delavat, veinte años más joven y natural de Río de Janeiro, y tuvo tres hijos: Carlos Valera, Luis Valera y Carmen Valera, nacidos en 1869, 1870 y 1872.

Durante la Revolución española de 1868 fue un cronista de los hechos y escribió los artículos «De la revolución y la libertad religiosa» y «Sobre el concepto que hoy se forma de España».

Juan Valera fue elegido senador por Córdoba en 1872 y en ese mismo año fue director general de Instrucción pública; en 1874 publicó su obra más célebre, *Pepita Jiménez* y, en esa época, conoció a Marcelino Menéndez Pelayo, con quien hizo gran amistad.

En 1895 perdió casi por completo la vista, se jubiló y volvió a Madrid; allí publicó *Juanita la Larga* (1895), y *Morsamor* (1899); frecuentó diversas tertulias y tuvo una en su propia casa.

Valera fue elegido miembro de la Academia de Ciencias Morales y Políticas en 1904. Murió en Madrid el 18 de abril de 1905 y fue enterrado en la sacramental de San Justo.

Sus restos fueron exhumados en 1975 y llevados al cementerio de Cabra.

El duende-beso

I

Notabilísimo huésped había llegado al convento de Capuchinos de la villa, allá por los años de 1672. Famoso era el huésped en todas partes por la agudeza de su ingenio, por el profundo saber que había adquirido y por las obras científicas en que le divulgaba. Baste decir, y está todo dicho, que el huésped era el reverendísimo padre fray Antonio de Fuente la Peña, ex provincial de la Orden.

Después de comer con excelente apetito y de dormir una buena siesta, para reposar de las fatigas del viaje, fray Antonio recibió en su celda al padre guardián, fray Domingo, y habló a solas con él sobre el importante asunto que le había impulsado a ir a aquella santa casa.

—Sé por fama —le dijo— el extraño caso de mi señora doña Eulalia, hija única del ilustre caballero don César del Robledal. Y considerado bien y ponderado todo, me atrevo a sostener que la joven no está posesa ni obsesa.

—Vuestra reverencia me ha de perdonar si le contradigo. No veo prueba en contra de la posesión o de la obsesión de la joven. Aunque me esté mal el decirlo, sabido es que, a Dios gracias, ejerzo bastante imperio sobre los espíritus malignos, y que he expulsado a no pocos de los cuerpos que atormentaban. Si los que atormentan a la joven doña Eulalia no me obedecen, no es porque no estén en ella o en torno de ella, sino porque son muy ladinos y marrajos. Si están en ella, se esconden, se recatan y se parapetan de tal suerte, que se hacen sordos a mis conjuros; y si la cercan, para atormentarla, andan sobrado listos para escapar cuando yo llego, y no volver a las andadas sino después que me voy. Los síntomas del mal son, sin embargo, evidentes. Sobre lo único que estoy indeciso y no disputo, es sobre si el mal es posesión u obsesión.

—Pues bien —replicó fray Antonio—, mi conclusión es enteramente contraria, y mientras más lo reflexiono más me afirmo en ella. Doña Eulalia no habla nunca en latín ni en ningún otro idioma que no sea nuestro castellano puro y castizo; sus pies se apoyan siempre en el suelo cuando no está sentada o tendida; en vez de estar desmedrada, pálida y ojerosa, sé que está muy guapa y de tan buen color que parece una rosa de mayo; y el que ella repugne casarse con ninguno de los novios que su señor padre le ha buscado, y el que ande melancólica y retraída, y el que tenga por las noches y a solas, en su retirada estancia, coloquios misteriosos con seres invisibles, no prueba que esté endemoniada ni mucho menos. Los demonios jamás son tan benignos y apacibles con una criatura. Ser, por consiguiente, de menos perversa y dañina condición que los ángeles precitos, es quien tiene trato y coloquios con mi señora doña Eulalia. Ergo, no es demonio, sino duende quien la visita y habla con ella. Y conocedor yo de este suceso, y empleándome como me empleo en el estudio de los duendes, según lo testifica mi ya celebérrimo libro El ente dilucidado, he venido por aquí a ver si me pongo en relación con el duende que visita a doña Eulalia y logro arrojarle de su lado, valiéndome de los medios que me suministra la ciencia.

—Extraño es —dijo fray Domingo— que afirme todo eso vuestra reverencia por meras conjeturas.

—No son meras conjeturas —repuso fray Antonio—. Aunque por mis pecados nunca he sido digno de tener revelaciones sobrenaturales, lo que es naturales las tengo con frecuencia, y tal es el caso de ahora. Aquí estamos solos y puedo hablar con libertad, confiando en el indispensable sigilo.

Fray Domingo hizo señal de que no descubriría lo que se le dijese y fray Antonio continuó en voz misteriosa y baja:

—El duende que visita a doña Eulalia se ha franqueado conmigo y me lo ha explicado todo. Harto se comprende que sea yo estimado, querido y familiar entre los duendes, a quienes he defendido de las injurias y calumnias que propala contra ellos el vulgo ignorante. Yo he demostrado que no son diablos, ni almas en pena, sino criaturas sutilísimas e invisibles, casi siempre traviesas y alegres, que se engendran en lo más delgado del aire. Agradecidos los duendes, ¿qué tiene de particular que acudan a conversar conmigo? Además, que mis estudios y meditaciones sobre todos los secretos de la madre Naturaleza y mi asidua investigación acerca de los seres más menudos y casi incorpóreos, han aguzado de tal suerte mis sentidos, que veo, toco y oigo lo que por ingénita y grosera dureza del sentir no notan ni descubren los otros mortales. Perdóneseme la jactancia; yo descubro, al tender mi penetrante mirada por el universo, cien veces más vida y más inteligencia que la que ve la inmensa mayoría de los hombres. En suma, y contrayéndonos al presente singular caso, el duende, hará cerca de diez años, desde que doña Eulalia cumplió quince, hasta dentro de tres días, que cumplirá veinticinco, se entiende con ella, la aparta de la convivencia de la gente y la hace arisca y zahareña; pero me ha predicho que desaparecerá dentro de los indicados tres días, y hasta que antes se dejará ver bajo la figura de un gallardo mancebo. Doña Eulalia quedará libre entonces de toda molestia, y aunque siempre recatada, honestísima y decorosa, depondrá sus desdenes, dejará de ser huraña y se hará para todo el mundo conversable y mansa.

Con acento irónico, aunque templado o velado por el respeto, exclamó entonces fray Domingo:

—Sin duda que a fin de que la revelación no haya sido a medias, el duende habrá pronosticado a vuestra reverencia el punto y la hora de su desaparición y de la aparición del mancebo.

—Sí que me lo ha pronosticado —respondió fray Antonio—. Ello ha de ser a media noche, en la propia habitación de doña Eulalia, a donde hemos de acudir, recatadamente y sin que doña Eulalia ni nadie se entere, el padre de ella, desarmado para evitar un funesto rapto de ira, vuestra reverencia con sus exorcismos y yo pertrechado de mi ciencia duendina. Tengo la más perfecta seguridad de que todo tendrá allí desenlace dichoso.

II

En la noche y hora prefijadas, de concierto ya don César con los dos reverendos, acudieron en misterioso silencio y de puntillas a la puerta de la habitación de doña Eulalia, armado fray Domingo del libro de los exorcismos y de un hisopo; armado fray Antonio de un turíbulo donde quemaba hierbas mágicas, esparciendo el humo; y armado don César de paciencia, después de haberse comprometido solemnemente a no perderla y, a no enfurecerse, ocurriera lo que ocurriera.

Celebrados ya sus ritos y evocaciones, fray Antonio y fray Domingo prescribieron a don César que llamase con brío a la puerta de la habitación de doña Eulalia, cerrada con llave, y que ordenase que se abriera de par en par, inmediatamente, sin excusa ni pretexto alguno.

No hubo modo de evitarlo ni de retardarlo, y la puerta se abrió de par en par y de súbito. En medio de ella, como magnífico retrato de Claudio Coello, encerrado en su marco, apareció un galán muy bizarro y apuesto, con traje e insignias de capitán, larga espada al cinto, airosas plumas en el sombrero que llevaba en la diestra, rica cadena de oro y veneras que en su pecho brillaban y espuelas, de oro también, asidas a sus amplias botas de camino.

Don César, que era muy violento y celoso de su honra, no hubiera sabido contenerse y hubiera caído sobre el forastero, si ambos frailes, cada uno de un lado, no le contienen.

El galán, con voz reposada y serena dijo entonces:

—Sosiéguese mi señor don César y no tome a mal que me presente tan a deshora. Yo soy el capitán don Pedro González de la Rivera, de cuya renta y condiciones ha escrito a su señoría mi amigo el banquero genovés Jusepe Salvago, y de cuyos altos hechos de armas en Portugal, en Flandes, en Italia y en el remoto Oriente le han dado noticias otras varias personas muy respetables. Aspiro a la mano de doña Eulalia; ella me ha dado prueba de que me quiere para esposo; y solo nos falta el consentimiento paterno y después la bendición del reverendo padre fray Antonio, que está presente y que espero no ha de negarse a bendecirnos.

—Todo eso estaría bien —respondió don César con mal reprimida cólera— si vuestra merced no lo pidiese, después de ofender mis canas, hollar mi casa y atropellar todo respeto.

—Yo, señor don César —replicó el capitán sonriendo—, tenía que vengar con esta aparente injuria otra nada aparente que vuestra merced me hizo hace diez años, cuando me sorprendió en este mismo sitio en dulces coloquios con mi señora doña Eulalia, que aun no había cumplido quince años. Yo era entonces un rapazuelo de dieciséis, y vuestra merced me arrojó de aquí a empellones nada paternales. Por amor de doña Eulalia, lo sufrí todo y mayor afrenta hubiera sufrido a ser posible mayor afrenta. Harto he demostrado después mi valor. Acrisolada está mi honra. La fortuna, además, me ha favorecido. La satisfacción que espero y pido para los pasados agravios es que vuestra merced me acepte como yerno.

En este punto apareció doña Eulalia al lado del galán. Estaba linda en extremo, muy elegante y ricamente engalanada con magníficas joyas, y manifestando en el rostro juvenil y ruboroso gran satisfacción y contento. ¿Qué había de hacer don César? Consintió en todo y abrazó cariñosamente a sus hijos, no sin exclamar, mirando al capitán detenidamente:

—Válgame Dios, muchacho, ¡y cómo has crecido y embarnecido en este decenio! ¿Quién al pronto había de reconocer en ti al rubio y travieso monaguillo de Capuchinos que repicaba tan bien las campanas?

III

No bastó la respetuosa consideración que fray Antonio inspiraba al padre guardián, para que éste se callase y no dijese claro que, si no había habido demonio, tampoco había habido duende, y que todo había sido farsa.

Fray Antonio quiso entonces justificarse, y antes de volver a Madrid, donde habitualmente residía, habló al padre guardián como sigue:

—No solo ha habido duende, sino uno de los duendes más poéticos que en este mundo sublunar puede darse. Era ella tan pura, tan cándida y tan ignorante de lo malo, que a los quince años parecía ángel y no mujer. Él era bueno y sencillo como ella. Ambos se amaban con la más ardiente efusión de las almas, sin la menor malicia, sin que la dormida sensualidad en ellos despertase. Anhelaban unirse en estrecho y santo lazo; vivir unidos hasta la muerte, como en unión castísima habían vivido desde la infancia. A esto se oponía el desnivel de posición social. Menester era que Periquito ganase posición, nombre, gloria y bienes de fortuna. Al separarse para irse él a dar cima a su empresa, sin estímulo vicioso, con inocencia de niños y con fervoroso amor del cielo, se unieron sus bocas en un beso prolongadísimo. Sin duda se interpuso entre labios y labios una levísima chispa de éter, átomo indivisible, germen de inteligencia y de vida. El fuego abrasador de ambas almas enamoradas penetró en el átomo, le dio brillantez y tersura, y cuanto hay de hermoso y de noble en el mundo, vino a reflejarse en él como en espejo encantado que lo purifica y lo sublima todo. Los santos anhelos de amor de él y de ella, se fundieron en uno; y sin desprenderse enteramente de ambas almas, tuvieron en la misteriosa unión ser singular y substancial suyo y algo a modo de vaga, indecisa y propia conciencia. Se separaron los amantes. Él fue muy lejos; peregrinó y combatió. Durante diez años, no supieron ella de él, ni él de ella, por los medios ordinarios y vulgares. Pero el unificado deseo de ambos, el duende que nació del beso, con pintadas alas de mariposa y con la rapidez del rayo, volaba de un extremo a otro de la tierra; y ya se posaba en ella, ya en él, y hacía que se estrechasen como presentes, y renovaba el casto beso de que había nacido, no como recuerdo vano, sino como si nuevamente y con la misma o con mayor vehemencia ellos se besaran. No dude, pues vuestra reverencia de que el tal duende existe o ha existido. ¿Cómo explicar sin él la tenaz persistencia, durante diez años, de los mismos amores? El deseo no era solo de ella. El deseo no era solo de él. En ambos estaba, pero, al unirse, se separó de ambos, creando la unión un ser distinto. Este ser no tiene ya razón de ser; desaparece, pero no muere. No debe decirse que ha muerto o que va a morir la chispa inteligente, enriquecida con la viva representación de toda la hermosura, de la tierra y del cielo, cuando, cumplida la misión para que fue creada, se diluye en el inmenso mar de la inteligencia y del sentimiento, que presta vigor armónico y crea la luz y hace palpitar la vida en la indefinida multitud de mundos que llenan la amplitud del éter.

Fray Domingo oyó con atención todo esto y mucho más que dijo fray Antonio, y acabó por convencerse de que había duendes, unos prosaicos, otros poéticos, como el de don Pedro y doña Eulalia, sin que la teoría de fray Antonio pugnase en manera alguna con la verdad católica, pues redundaba en mayor gloria de Dios, hasta donde alcanza a concebirla el limitado entendimiento humano.

Madrid, 1897

14

Libros a la carta

A la carta es un servicio especializado para
empresas,
librerías,
bibliotecas,
editoriales
y centros de enseñanza;
y permite confeccionar libros que, por su formato y concepción, sirven a los propósitos más específicos de estas instituciones.

Las empresas nos encargan ediciones personalizadas para marketing editorial o para regalos institucionales. Y los interesados solicitan, a título personal, ediciones antiguas, o no disponibles en el mercado; y las acompañan con notas y comentarios críticos.

Las ediciones tienen como apoyo un libro de estilo con todo tipo de referencias sobre los criterios de tratamiento tipográfico aplicados a nuestros libros que puede ser consultado en Linkgua-ediciones.com.

Linkgua edita por encargo diferentes versiones de una misma obra con distintos tratamientos ortotipográficos (actualizaciones de carácter divulgativo de un clásico, o versiones estrictamente fieles a la edición original de referencia).

Este servicio de ediciones a la carta le permitirá, si usted se dedica a la enseñanza, tener una forma de hacer pública su interpretación de un texto y, sobre una versión digitalizada «base», usted podrá introducir interpretaciones del texto fuente. Es un tópico que los profesores denuncien en clase los desmanes de una edición, o vayan comentando errores de interpretación de un texto y esta es una solución útil a esa necesidad del mundo académico.

Asimismo publicamos de manera sistemática, en un mismo catálogo, tesis doctorales y actas de congresos académicos, que son distribuidas a través de nuestra Web.

El servicio de «libros a la carta» funciona de dos formas.

1. Tenemos un fondo de libros digitalizados que usted puede personalizar en tiradas de al menos cinco ejemplares. Estas personalizaciones pueden ser de todo tipo: añadir notas de clase para uso de un grupo de estudiantes,

introducir logos corporativos para uso con fines de marketing empresarial, etc. etc.

2. Buscamos libros descatalogados de otras editoriales y los reeditamos en tiradas cortas a petición de un cliente.